不圓的圓

方序中・著

外公
（公公）

外婆
（婆婆）

爸爸

小圓

媽媽
與即將誕生的小小圓

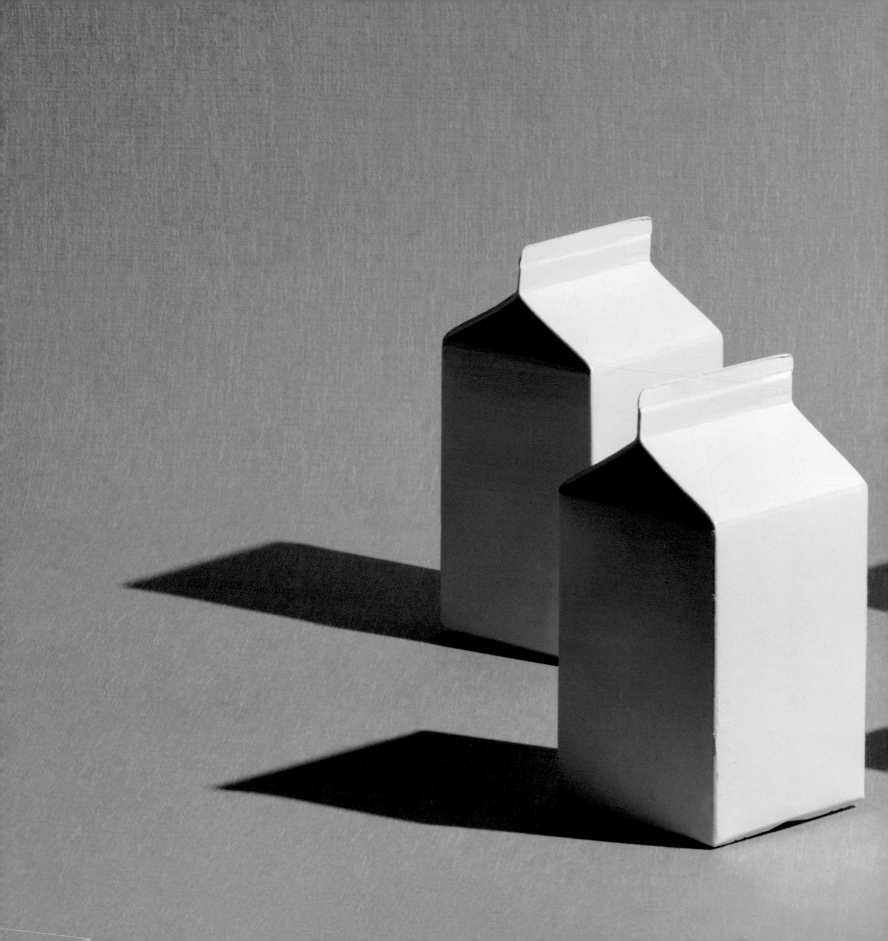

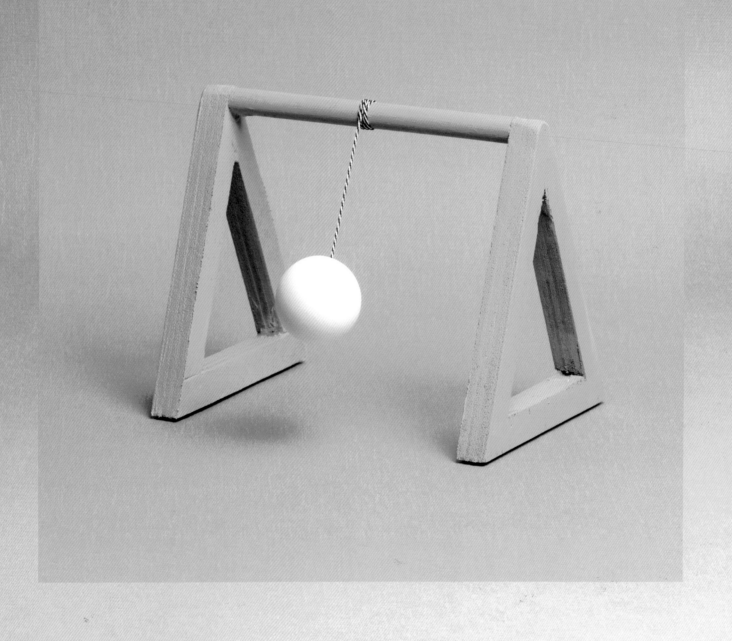

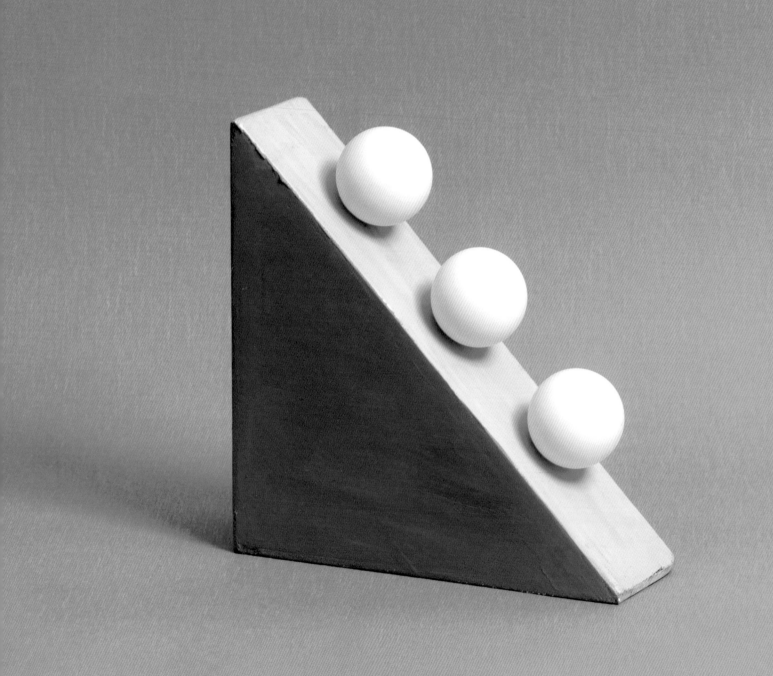

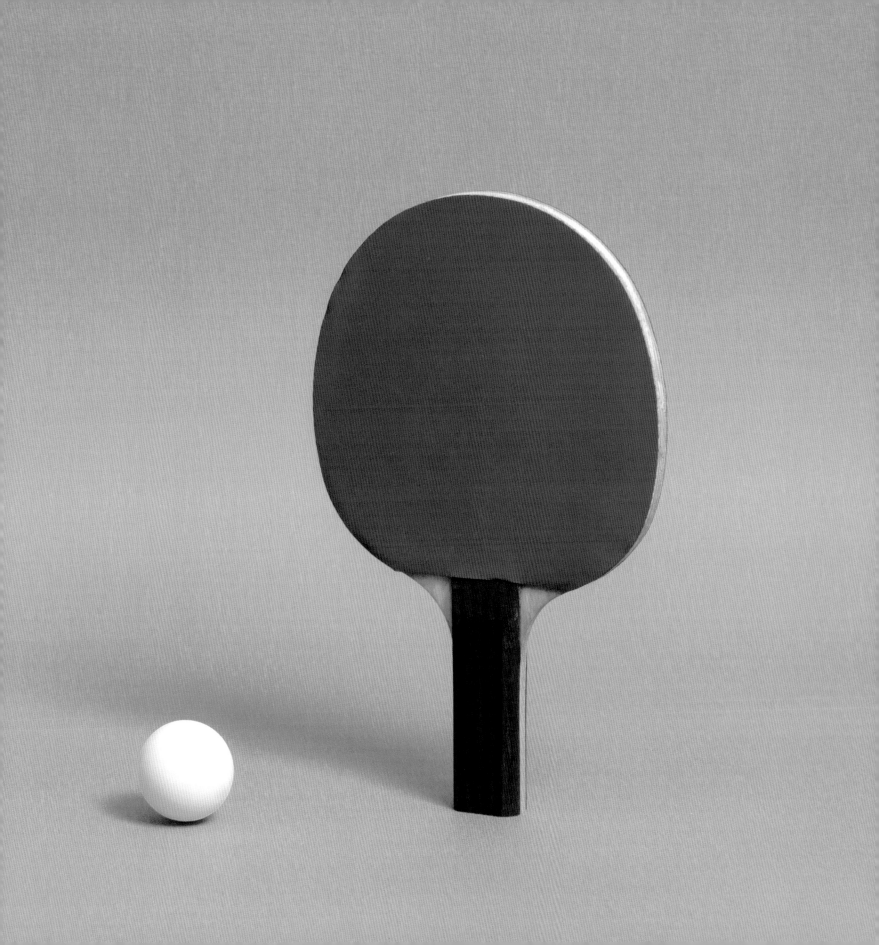

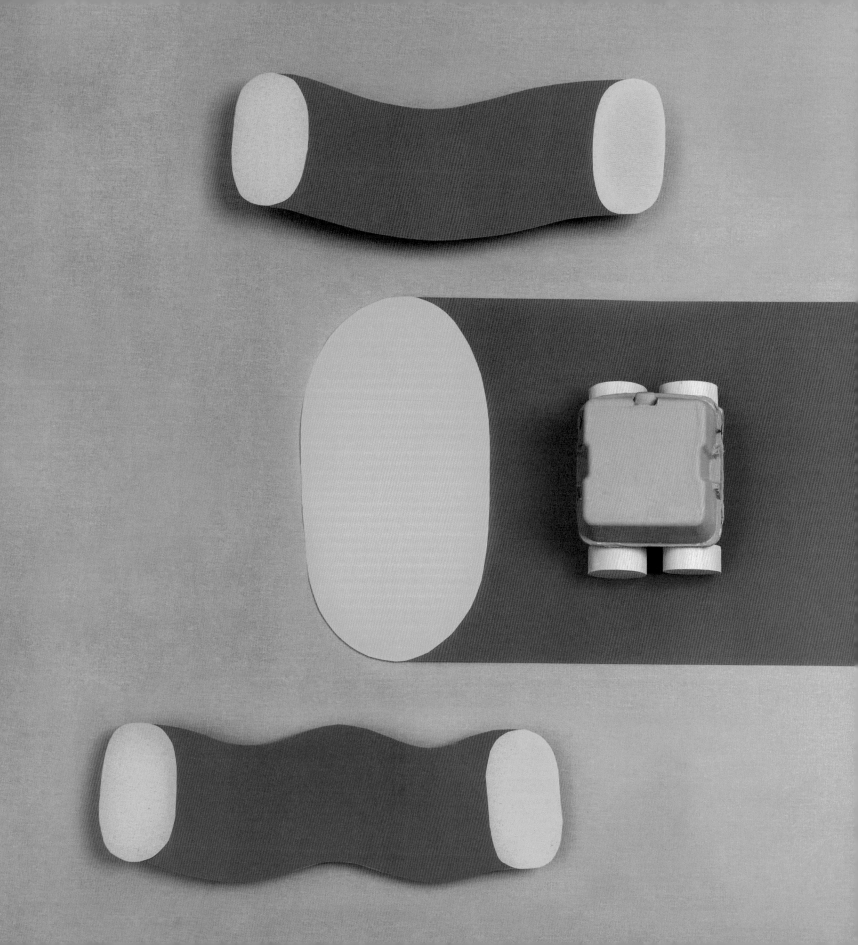

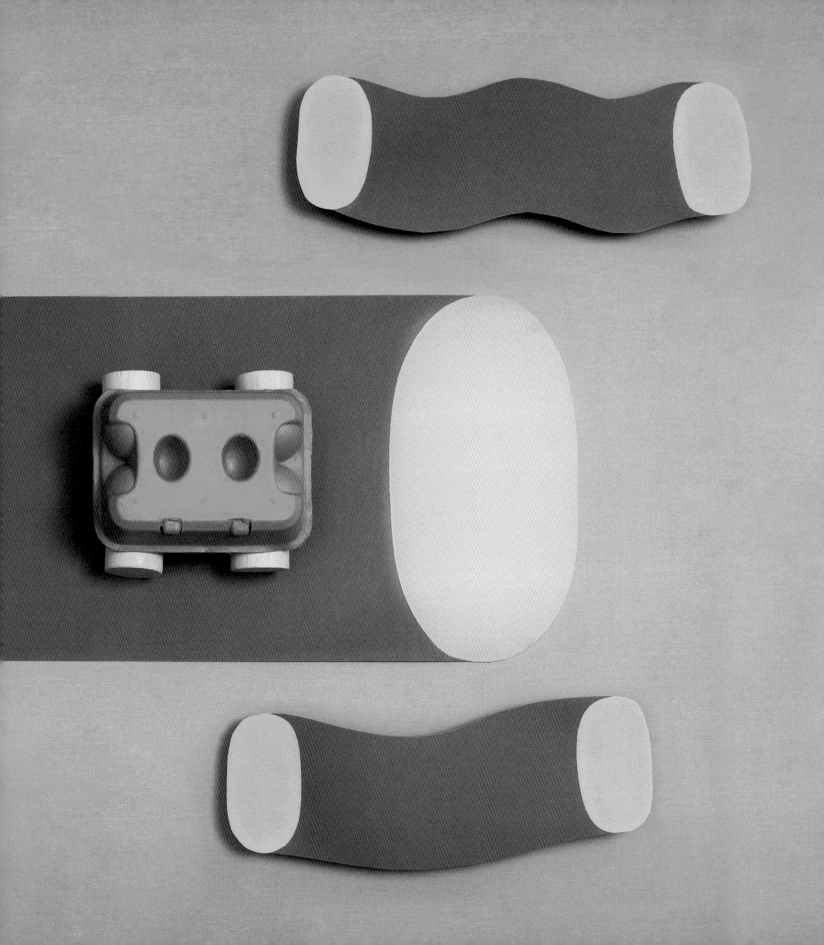

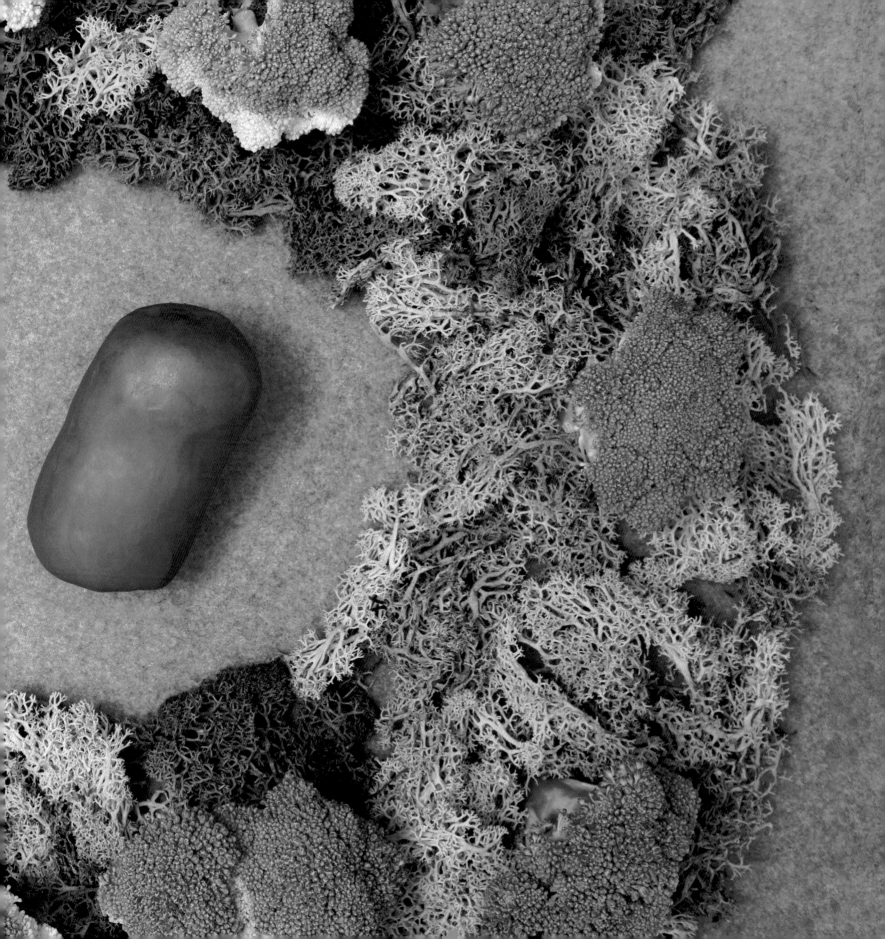

《不圓的圓》故事

媽媽的肚子裡有小寶寶，我陪媽媽到醫院檢查。

我的房間裡有我的帳篷和玩具，是我的小宇宙。

我跟媽媽走在馬路上，房子看起來好像方方正正的大冰箱。

跟媽媽經過公園，很多小朋友在盪鞦韆。

還有很多小朋友在溜滑梯。

爸爸去上班的時候，他會穿得很整齊。

我最喜歡爸爸下班了，因為他會陪我玩。

每天晚上，我都會跟爸爸和媽媽一起睡覺，我喜歡我們的家。

有一天，爸爸開車，載我和媽媽出去。

我從窗戶看見大海，大海的顏色好漂亮。

我們的車子穿過了很長、很長的隧道，我看見前面有亮亮的光。

然後，我聽見了嘩啦嘩啦的聲音，還聞到了涼涼的味道。

媽媽說我們到了鄉下，我覺得這裡的人看起來很不一樣，這裡也是公公和婆婆的家。

媽媽蹲下來跟我說：「我和爸爸去醫院迎接小小圓，讓公公和婆婆先照顧你好嗎？」

公公和婆婆的院子裡有我喜歡的盪鞦韆，但是我不想離開爸爸和媽媽的身邊，晚上要自己睡覺，我好害怕。

婆婆過來抱抱我，幫我擦眼淚，公公跟我說，明天我們去森林玩，

森林裡有好多蝴蝶，河邊有大石頭，還有好多魚，婆婆買了好吃的蘋果。

今天，我和公公、婆婆一起去森林玩，我們躺在森林裡，看天空上飄來飄去的雲，我好開心。

晚上，公公講了故事給我聽，公公講故事很好聽。

聽完故事之後，我跟公公、婆婆一起呼呼大睡。

幾天之後，小小圓出生了，我們一家人終於聚在一起了。

小小圓、媽媽、爸爸、婆婆、公公，還有我，這就是我可愛的家。

作者 方序中　　　　　　　　　　現任「究方社」(JOEFANGSTUDIO) 創意總監

跨足專輯包裝設計、書籍編排設計、企業品牌規劃、裝置藝術，典禮視覺統籌等領域，擅長以「說故事」的設計方式呈現「溫度」，拉近設計與大眾的距離。

擔任「小花計畫」系列展覽策展人，參與臺灣文博會、台灣設計展，策劃《走進／近桑貝的「童年」世界》畫作互動藝術展，並擔任第 51 屆廣播電視金鐘獎視覺總監，第 24 屆、27 屆流行音樂金曲獎主視覺設計，第 54 屆、55 屆金馬影展視覺總監。

審訂 鍾欣穎　　　　現任 國立清華大學師資培育中心 —— 幼教學士後學分班 講師

教授幼兒發展、幼兒觀察、幼兒課程設計、幼兒園家庭社區、幼兒園教材教法、幼兒園實習等課程，同時為溫叨家庭教育協會理事，《轉角國際》專欄作者。

曾任臺北市與桃園市親子館館長、幼教產業顧問。致力於推廣家庭與幼兒教育專業，透過研發親子在地文化教材，協助建立自我認同。

Light 002　　　　　　　　　　　　　　　　不圓的圓 THE CIRCLE

作者 方序中 ・ **審訂** 鍾欣穎 ・ **美術** 陳必綺 ・ **攝影** 趙豫中 ・ **腳本** 方序中、賀郁文、沙蕾、吳文君、鍾欣穎 ・ **編輯** 吳文君 ・ **故事文字** 吳文君 ・ **裝幀設計** 究方社 (林婉筑) ・ **協力製作** 沙蕾、陳安娜 ・ **媒體公關** 杜佳玲、杜佳慧 ・ **執行企劃** 陳小小 ・ **總編輯** 賀郁文 ・ **出版發行** 重版文化整合事業股份有限公司 ・ **臉書專頁** www.facebook.com/readdpublishing ・ **連絡信箱** service@readdpublishing.com ・ **總經銷** 聯合發行股份有限公司 ・ **地址** 新北市新店區寶橋路 235 巷 6 弄 6 號 2 樓 ・ **電話** (02)2917-8022 ・ **傳真** (02)2915-6275 ・ **法律顧問** 李柏洋 ・ **印製** 凱林印刷股份有限公司 ・ **裝訂** 智盛裝訂股份有限公司

一版一刷 2021 年 11 月 ・ **定價** 新台幣 550 元 ・ **ISBN** 978-986-98793-9-2